va a deus

LARANJA ● ORIGINAL

Louva a deus

Prefácio
Annita Costa
Malufe

Posfácio
Deborah Brum

1ª edição, 2025 · São Paulo

Elieni Caputo

Sumário

7 Prefácio

13 Louva a deus

135 Posfácio

140 Atravessaram o Louva a deus

Prefácio

Annita Costa Malufe

Talvez aqui pudéssemos valer-nos da advertência que abre o premiado documentário brasileiro *Ilha das Flores* (1989): "Este não é um filme de ficção". Assim como no curta-metragem de Jorge Furtado, referência importante para este *Louva a deus*, a realidade é crua, as palavras são secas e deus não existe. "Tudo é aspereza" (p. 65). Há uma ironia fina com a exatidão das palavras, com sua camada representativa, denotativa. E, assim como em *Ilha das Flores*, citado explicitamente neste sexto livro de Elieni Caputo, a língua se disfarça de objetividade, finge ser informativa, exata, para narrar o inenarrável, o jamais objetivável, o inexato. Ou, ainda, narrar a crueldade — nos termos de Antonin Artaud, outra referência da autora.

No entanto, diferentemente do filme de Furtado, que denuncia o absurdo de uma localidade específica no Sul do Brasil onde pessoas alimentam-se dos restos descartados para a alimentação dos porcos, *Louva a deus* não se localiza em um espaço-tempo preciso, tampouco possui caráter de denúncia social. Ainda que também fale de porcos, como fala de galinhas, peixes, gafanhotos e tantos outros animais, *Louva a deus* narra sobretudo um lugar existencial.

"Experimento certa dose de infinito, que é a repetição da cena fadada a ocorrer de novo e de novo" (p. 59). Que cena seria essa? Como alcançá-la? Este é um livro imagético, quase cinematográfico, feito da montagem de imagens ao mesmo tempo simples e densas, pois apenas aparentemente literais. É a repetição que guia, a ciranda descentrada, insistente, repleta de ecos internos. As imagens se encadeiam, chamam-se, retomam-se indefinidamente (tal como, ainda, no documentário *Ilha das Flores*) e brincam de criar novas relações, permutam-se. Às vezes, fazem saltar relações absurdas, avizinhadas ao não-senso, que nos desconcertam ou lançam ironias, provocações. Mas aqui, todo esse jogo imagético feito de reiterações está a serviço de criar um espaço-tempo interior, das entranhas: "Estranha é a mulher paralisada diante do avesso, diante de vísceras" (fragmento 127). Trata-se de um espaço-tempo da subjetividade, dos afetos, das sensações de uma subjetividade-corpo, que se debate entre ter e não ter lugar. Daí podermos reconhecer em *Louva a deus* uma narrativa do despertencimento. Uma narrativa da origem, mas que narra o não-nascimento ou o nascer ao contrário, do avesso — ou no avesso do mundo: "... uma atração por abismos, um avesso de grito e de nascimento, um filamento de caos" (do fragmento 197).

Não por acaso, a imagem que estrutura o livro é a de um feto, que surge e insiste, em ritornelos responsáveis por criar o ritmo dessa espécie de narrativa poética, inclassificável, composta por fragmentos breves e numerados, que parece dissertar acerca do vazio ou dos buracos negros que nos compõem. Nossos pedaços seminascidos ou abandonados. “Não se deu à luz, de fato, ao feto, seminascido”, diz o fragmento 183. Parece, portanto, que aqui se fala de coisas que em cada um de nós não nasceram ou permaneceram (para sempre?) em estado fetal. Ou em estado de peixe, debatendo-se. “Espreitamos o vazio, incrustados no dia em que não nascemos, em que nos viramos para dentro, da pétala ao botão: retrocedemos, o inverso do caminho reto. Flecha de Zenão [...] Presos ao dia em que não nascemos, como o feto.” (pp. 73-74).

A imagem do feto aliada à atmosfera de clausura pode remeter-nos, e não casualmente, ao romance de Sylvia Plath, The bell jar [A campânula de vidro]. Outra influência importante para Elieni Caputo, Plath situa sua protagonista nessa mesma fresta abismal de que nos parece mandar notícias a voz narrativa de *Louva a deus*. “Eu sou como nuvem que ainda não se precipitou e vivo na fresta temporária da eternidade — na fresta desse quarto.” (Fragmento 128). Lugar ou entrelugar em que localizamos ainda muitas das vozes de Hilda Hilst ou Clarice Lispector — esta, presente aqui nas imagens do ovo, da galinha ou da geleia viva: a busca pela pulsação básica da vida, sempre abismal, informe, inominável. “O humano cria símbolos para escamotear a vida pura, a gosma, a pulsação. Cria nomes, representantes da consciência. À galinha não interessa o nome da comida, à natureza não interessa o nome da rosa” (p. 48).

Louva a deus

I'm the man in the box
Buried in my shit
Won't you come and save me

ALICE IN CHAINS

A VISÃO

1

Uma lembrança encobridora pode ser maior que aquilo que oculta, o aparente pode ter mais projeção e realidade que o escondido.

2

É fato: aquilo não me engana, e são peixes se debatendo em um quarto minúsculo, e, junto deles, há um feto. Todos muito próximos. Lama, peixes e um feto — ali decidiram descartá-lo.

3

"Ali" é um dêitico; só faz sentido no contexto de enunciação. Então eu dizer "ali" não te diz nada sobre a localização exata do feto e dos peixes, exceto que a localização era um quarto minúsculo, um cubículo.

4

Eu fora um dia feto. Fora, pra fora! Corta o cordão umbilical!

Eu ensaio um retorno ao dia antes do nascimento, ensaio um revés de parto — ao invés da luz, um aborto, o escuro, como teria sido. Como fora. Assim como vejo agora.

INTRODUÇÃO AOS PEIXES

5

Os sermões de Padre Antônio Vieira são sobre peixes, ele prega como se a eles falasse. Jesus multiplicou os peixes, que em si são dados a multiplicar-se, em bandos. Facilmente seriam confundidos com fetos: peixes e fetos. Afeto é o que deveria ter nos gerado. Alguém foi afetado.

6

Um homem surge na estrada sem origem, sem nome, pede comida, dão-lhe peixe. O feto também não tinha nome. Padecemos do anonimato.

7

O que vem a ser ou foi o corpo que me aparece hoje? Ele tem peso, é capaz também de nadar, mergulhar, é um corpo plástico prestes a encolher, em posição fetal quando ameaçado e tristonho. Aqui, encolhido, olhe aqui, eu sou o feto misturado com peixes e escamas, não desenvolvi nadadeiras, mas por acidente genético poderia tê-las. Não perco por esperar uma mutação que me devolva ao estado anterior de peixe.

8

Jesus andou sobre as águas. O Mar Morto é tão denso que não submergimos nele. Je suis peixe. Só multiplicamos aquilo que somos: pão, vinho e peixes.

9

Sabe como é a sensação de ser fisgado? Espécie de abdução, teletransporte; é, de repente, deixar de respirar sangrando, singrando o ar. Olha, agora posso ser alimento, mas antes me debatia, e me debati naquele dia no quarto com o feto. Não, essa lembrança não encobre nada, não é significado menor, nem a aparência de algo que subjaz. Jaz o feto.

10

Nada é a nossa condição. Um feto junto de peixes é nada. Um peixe se debatendo não nada. Nonada.

A ORIGEM

11

Outro destino seria ter se tornado feto exposto em feiras de ciências. Os olhos atentos das crianças, as explicações dos professores profetas sobre a origem. A origem tem forma de grão. O feto não foi plantado, não foi enterrado sequer como lixo biológico; fora solto assim para ser peixe. Ora, haveria destino melhor?

12

Uma gravidez de quatro meses dera destino ao feto. A barriga tornara-se um aquário que esvaziou.

13

Um aquário é prisão de peixes; a humanidade se erige pela prisão de tudo o que for possível. Sempre, a cerca, o cerceamento. A primeira prisão: a barriga. Não, não era paradisíaca. Não me venha com essa de saudade do paraíso perdido, o ventre. Ali foi só o primeiro ambiente para mim, o parasita, me criar, mas houve uma interrupção abrupta, um corte precoce da cena. E o feto está ali, entre peixes se debatendo.

14

Peixes e fetos são aguados, ilhados, cercados de água por todos os lados. O feto é uma ilha. O crescimento é virar continente; é virulento. O movimento das placas tectônicas causa terremotos: o nascimento. Vejo o feto através de uma rachadura, uma fresta. Antes de tudo, pangeia.

15

Uma cachorra fita os peixes e o feto, uma cadela que também parira. As crias dos animais já nascem no ponto, prontas pra vida. O humano, nem quando nasce de nove meses, está no ponto de nascer: não se equilibra, não anda, não tem pelos, é uma anterioridade que cismou em seguir adiante.

16

O feto não seguiu adiante. Permaneço fitando-o: eu sou ele, eu sou os outros nunca nascidos de fato, nus, descalços.

17

A lama do quartinho é lama de Mar Morto. Porta a morte no nome.

A GALINHA E O SENTIDO DA VIDA

18

Uma multidão seria capaz de resgatar o feto para experimentos ou apenas pisoteá-lo. A galinha poderia chocá-lo: um ovo grande de dinossauro (algo que ela fora no passado remoto). A galinha agora cisca o cordão umbilical, engole-o gulosa. Sobra ainda o resto de feto misturado aos peixes.

19

Qual é o sentido do crescimento? Vertical, reto e sempre: sentido, ereto! O feto não cresceu mais que alguns centímetros e fora expelido. Qual é a idade certa da rejeição? No caso do feto, a idade em que ainda não fora formado, porque a forma evoca o amor. A completude da forma também é chamada de sentido da vida.

20

Há infinidades de seres e formas, alguns quase disformes, como os sapos, que parecem do avesso. Amá-los é um sacrifício tão grande que, nos contos de fadas, o esforço é premiado com a transformação em príncipe.

21

O que é a figura do rosto amado senão pura imaginação? O feto não tem rosto: é um ovo choco.

22

Naquele dia em que vira um feto dentro do vidro na exposição da feira de ciências, em vez de ensinarem-lhe anatomia, fisiologia, lhe ensinaram que uma puta o havia abortado.

23

Puta, puta: jogou o feto no limbo junto de peixes se debatendo. Fora ciscado pela galinha, lambido por uma cadela. Cadela, galinha, puta, vagabunda!

A ORIGEM: PARTE 2

24

A inseminação artificial, o bebê de proveta, são procedimentos para driblar ou se aliar à natureza para fertilizar. Assim, as crias nascem com outros aliados além do curso natural das coisas — a penetração é o curso natural das coisas.

25

E assim fora fecundada pelo curso natural das coisas. Peixes também se debatiam naquele dia. Era frequente peixes se debaterem naquela casa, casa de pescadores.

26

Em cantigas de ninar, ensinaram a ter medo do bicho-papão, da cuca. Não ensinaram a ter medo de peixes se debatendo, mas era disso que tinha medo — de peixes se debatendo.

27

Os peixes eram tudo: a carne, a espinha, o alimento, a mistura. Tudo se mistura ali: o feto, a cadela, a galinha. Galinhas comem minhocas, iscas para peixes. A galinha bicara o cordão umbilical, sede da vida, viga que liga o embrião ao útero. Todo esse simbolismo fora consumido numa só bicada.

28

Já disseram que a glândula pineal é a sede da alma. Tenho sede de vida. Tenho sede de peixes se debatendo. A alma tem sede? Sede é palavra polissêmica. Estou sedada.

29

Há lugares remotos, distantes, como o útero. Há aqueles que dele se apartaram sem condição ainda da respiração pulmonar e, assim, faleceram fetos. O feto está morto sem finalizar ou consumar sua condição humana, mas tantos morrem jovens, tantos morrem sem curvar-se, sem completar o ciclo que nunca se fecha, porque ela poderia — aquela velha — ter durado mais um pouco, a morte é sempre precoce, como a do feto que está entre os peixes que se debatem, pois carecem de respiração pulmonar.

30

Crescer é perder os lugares onde outrora habitamos: o útero, as roupas, os sapatos que não servem mais, a casa que ficou pequena e para trás. Crescer é padecer de perdas, esticar os ossos e as carnes, as cartilagens.

31

Tenho uma orelha gigante para ouvir o oco do mundo, e o feto entre peixes se debatendo habita o oco do mundo. Ouço o eco do oco do mundo. Cratera.

32

Eco de um grito primal de peixe, de um grito recém-nascido vindo do futuro, pois esse feto anuncia os muitos outros que vão se consumar como bebês e berrar. A vida é feita de bebês e berros, assim ensinam as novelas. Mas, para sentir que a carne do teu corpo é tua, tu precisas espreitar o feto naquele quarto, naquele dia. Olha, te abro a fresta. Olha, te mostro, viu? Criança curiosa que espreita quartos.

A GALINHA E O SENTIDO DA VIDA: PARTE 2

33

A paz deve ser um nada; deve ser a galinha que consome o cordão umbilical como se fosse minhoca, a minhoca que é isca de peixes, e, antes disso, vivia enterrada. A cadela foi embora.

34

As minhocas tornam o solo fértil. O ventre fértil gera fetos. Apenas escrevo isso pela aliteração e a repetição. Este livro é repetitivo. Peixes. Feto, galinha, cadela que foi embora. Em breve, porcos.

35

Há os que morrem fetos. Há os mártires dos 27. Cristo morreu aos 33. Há ainda os que morrem velhos. Você fica eterno com a idade em que morreu. O feto se eternizou junto aos peixes e é como eles.

36

Galinha é um bicho avoado, come qualquer coisa, é ávida, mete o bico em tudo, até onde não é chamada. Choca ovos que não são seus, não foi ela quem botou, sequer sabe se estão galados ou se vão vingar. A galinha é o ápice do não saber e, por isso, come o cordão umbilical como se fosse minhoca.

37

Uma ratazana anda sobre meu peito quando te conto essas coisas que foram feitas para o silêncio. Mas eu sou, às vezes, uma maritaca, ave que fala e que, como a galinha, é indiscreta.

38

Não se queixe de mim nem dessa carne toda, não estanque a hemorragia com verborragia. Deixe tudo jorrar, até quem sabe a bolsa que estoura anunciando bebês, até quem sabe... quem sabe.

39

Sei que está com esse feto entalado na garganta, mas veja, a vida é o avesso daquele feto. Viva entre folhas farfalhando e o barulho das maritacas. Se elas falam demais, é porque às vezes é insuportável ficar espreitando fetos mortos, então a língua vem em socorro. Então diga: a vida é bela! Ela não é essa inércia mortífera a que chamamos de feto... ou é? ou simplesmente é?

A ORIGEM: PARTE 3

40

Os fetos são filogeneticamente semelhantes aos peixes porque, no começo de tudo, tudo era bem parecido. Assim, eu e você nos aproximamos e esquecemos a evolução das espécies. Assim, suturamos nossas peles. Nos achegamos.

41

A fusão das carnes é explícita nos gêmeos siameses; eles contrariam a expectativa da diferenciação, o ponto onde digo: "ela é ela", "ele é ele", "eu sou eu". Os siameses são os nós.

42

E onde o feto entra nisso? Veja, ele foi lançado para longe do útero, carece de viver agora em sistema de matrioska. Está livre, leve, solto e morto. E não se move, diferente, nesse aspecto, dos peixes se debatendo.

43

Sangue de feto: sangue, de fato, é doce. Quem nunca cortou a boca? O sangue doce, de mesmo tipo, une os familiares em filiação: a tipificação sanguínea. A mulher sangrou no dia do aborto, um sangue parecido com o menstrual. O feto é um amálgama que não vingou, que não deu liga. Agora vive entre peixes.

44

A imaginação é fértil, assim como o útero, que pariu antes do tempo, um feto — uma condição antes do nascimento, uma anterioridade. Antes de tudo, havia o feto. Raciocínio obtuso. Começo de mundo.

OS PORCOS

45

Não devemos alimentar porcos com carne, pois eles podem passar a atacar humanos. Não devemos alimentar porcos com carne de nenhum tipo. Não devemos.

46

Na pocilga, as fezes se misturam com o alimento; o ciclo nunca finda, porque o que é expelido logo é deglutido. Porco, animal que muito se assemelha ao humano, é usado para transplantes. Porco come lavagem, onde se misturam os restos de tudo um pouco.

47

O foco da vida é o feto, o oco da vida é o feto. Olha, espreita a fresta daquele muquifo! Ali foi o começo e o fim de tudo. Olha, curioso — vai nascer terçol nos olhos. Olha as galinhas, os porcos no chiqueiro. Ser do avesso é comer como eles. Com eles.

A REPETIÇÃO

48

Há muitas estrelas mortas, supernovas, das quais nos chega o brilho. Há muitos fetos a quem não se deu à luz de fato e permanecem antes do parto, seminascidos. E isso é ser só uma partícula no cosmos. Só.

49

O tempo parou para o feto: eternamente incompleto, prestes a ser debicado. A galinha comeu o cordão umbilical.

50

Quisera ter um cordão umbilical que me prendesse à terra. Eu seria Dafne, mulher-planta, sugaria os insumos, recursos minerais, água — tudo o que necessitasse. Seria uma mulher-feto da floresta, e esta iria me parir. Que forma eu teria então? A floresta me cuspiria para longe. Eu cairia novamente no círculo vicioso à minha imagem e semelhança: o feto e os peixes.

51

Voltar à cena inicial dá um frio na espinha, uma vertigem. Quisera sair desse quartinho. Já saí? Já cresci? Já pari o feto e sou fetal. Outrora lunar, lunática, de fases e frases feitas de peixes e feto.

52

A lua cheia leva a enlouquecer. Tem em si a imagem de São Jorge e o dragão. Cuspa fogo, incinere a cena que se repete, pois a cena que se repete é eterno retorno. Incinere. Embora o feto e o peixe sejam aguados, o fogo seria um choque. A incineração prefere as bruxas. E sou ritualística: farei sopa no jantar, na panela de pressão. Incinere a cena, queime o monge impassível diante da dor.

53

Espreita logo: isto é a vida. Esta mistura de escamas, vísceras, feto — esse é o avesso do corpo. Olha, não se perca ainda. Não é hora de descartar esse resto, nem de colocar na lavagem do porco. O resto, às vezes, é tudo. E porcos não podem comer carne, muito menos humana. Tomam gosto e passam a atacar.

54

Esses porcos que te mostro foram trazidos em um caminhão: alguns coloridos, outros com pelos, outros nilos. Muitos morreram de calor pelo caminho. Eles comem as próprias fezes misturadas ao milho. O porco é o ciclo que se fecha em si. E o ciclo do feto nunca se fechou — nem se fechará.

RITUAL (OU AUSÊNCIA)

55

Olha, esse feto não teve velório, nem qualquer cerimônia, enterro. Agora, seu olho mal formado é bicado pela galinha, que não o distingue dos peixes. O que distinguiria o feto como indivíduo — um velório — não faz sentido para a galinha. Ela é guiada por desenterrar minhocas, que são boas iscas.

56

As perdas são sempre precoces. Os porcos da fazenda chegaram atolados em um caminhão e muitos deles foram perdidos. Galinhas de granja também são transportadas apertadas em caminhões. O aperto é o que distingue o humano antes de nascer, a barriga fica pequena para tanto bebê. Não foi o caso do feto, ainda cabia na barriga, mas não naquela família, que o expeliu junto de peixes se debatendo em lama.

57

Os prematuros muitas vezes têm problemas de visão, os olhos não se formaram direito. Os olhos do feto estão a ser bicados pela galinha, que tem papo para armazená-los e efetuar a digestão. A digestão da galinha é curiosa: ela expele tudo pela cloaca. A bosta serve de adubo, assim o ciclo de aproveitamento da natureza se fecha e os olhos do feto viram adubo. Assim, nada se perde, tudo se transforma. Perdi a conta dos dias.

58

Olha, a natureza é assim mesmo: indiferente, trata igualmente aquilo que tem consciência e o que não tem. O feto era só a promessa de consciência, que não se concretizou, assim como quem morre jovem não realizou a consciência do velho. O velho desmemoriado perdeu a consciência antes da morte; dizem que morreu em vida, mas ele é amostra de que a vida é outra coisa.

A consciência não é prova de vida para a natureza; o velho tornou-se corpo *in natura*, sem a luz da história. O que é prova de vida são peixes ainda se debatendo, porcos comendo fezes junto do milho, galinha que não diferencia a minhoca do cordão umbilical.

59

O humano cria símbolos para escamotear a vida pura, a gosma, a pulsação. Cria nomes, representantes da consciência. À galinha não interessa o nome da comida, à natureza não interessa o nome da rosa.

60

A vida também pode ser sutil como a pétala, suave e orvalhada. A vida também pode ser um toque leve.

61

Se toca, esse livro não é leve; tem o peso da vida sem os nomes. E sem qualquer amor. Assim é a vida sem amor: feto junto de peixes se debatendo, galinhas bicando, cadela espreitando e lambendo, e porcos. A falta de amor tem cheiro forte, arranha a pele e pulsa, atravessa as vísceras. As dos peixes vão ser jogadas a esmo por aí, comidas por formigas em seu trabalho orquestrado de aproveitar os restos, que na verdade são tudo.

62

Tudo é maciço, sem dor, sem palavra, porque falar daria contornos ao que se vê, falar tiraria tudo da indiferenciação que ameaça sugar. Tenho os pés enterrados.

63

Enquanto meus órgãos se movem, os peixes se debatem, com pálpebras que não se fecham. Tudo assume a cor do fogo, a vermelhidão. Incinere a cena que se repete. Estou corada.

64

Com o resto da tinta fiz um quadro do pôr do sol. Ele é lindo e não promete nada, muito menos voltar. É o hábito que amarra os dias — eles são soltos e não se repetem. Assim, lhe digo: esse pôr do sol é o último, o único que virou quadro para mim.

65

Dizemos das pessoas que são mais ou menos parecidas. Os fetos entre si são parecidos, e não há o contraste instaurado pela civilização. Tudo é massa amorfa naquele mundo de peixes se debatendo.

66

Algumas divindades hindus são híbridas, quimeras. A quimera do peixe com o feto está prestes a se formar aqui, na minha frente, apenas sob meu olhar. Apenas. Há penas. A galinha não diferencia feto e peixes, não os diferencia, nem os separa, nem os classifica, a galinha apenas bica.

67

A quimera que formei é um broto de sereia e é encantadora; também tem um canto que atrai e mata.

68

Esse livro é como o feto, não nasceu. Isso frustra, mas também não cria o imperativo de terminar.

O MUNDO

69

Eu poderia agora estar em um balanço, ensaiando um círculo, sentindo vertigem, ensaiando a ida ao céu. Mas estou de cabeça baixa e curva, fitando feto e peixes se debatendo. Fito esse tempo represado, um redemoinho me suga para o interior do quarto, um cômodo incômodo e anterior a tudo, ao verbo, ao mundo maior que um feto. Meu mundo tornou-se pequeno.

70

A palavra mundo pode se referir à Terra ou ao universo. O mundo, em geral, é arredondado, como a barriga que abrigava o feto, como os ovos. Sair do mundo é olhar adiante, quebrar e rasgar. Mas pode ser também uma expulsão, a queda do paraíso, do Éden. O mundo pode ser o lugar onde há amor, e quando o amor não existe, tornamo-nos errantes. É um erro permanecer sempre no mesmo lugar, é um erro não parar nunca, como bailarina condenada a dançar até morrer.

71

Não há tecido para cobrir o feto. Os tecidos são para quem já tem nome, o enxoval. Uma ferida é o retorno parcial ao estado fetal, em que ainda se é carne exposta.

72

A galinha não diferencia o olho do feto do olho do peixe, nem o cordão umbilical da minhoca. A galinha não diferencia. A carne não pode ser exposta ao porco mas o porco estripado se torna carne exposta, que é parecida com a humana, o porco e o homem são parecidos; na Ilha das Flores os humanos são inferiores.

73

Os peixes têm a água como ambiente e não respiram fora dela. O feto também não respira fora da barriga, que não pôde aguardar mais um tempo até que ele crescesse e respirasse. Há esperas que não são possíveis, não dá para tolerar. Um mês para um humano adulto, às vezes, é nada; às vezes, é uma espera interminável. Um mês para o feto é tudo, pode finalizar a formação. Mas a barriga da mulher não pôde esperar, então o feto nasceu sem o tempo necessário para a respiração. Ele e os peixes que se debatem não respiram fora de seus ambientes aquáticos. Ele e os peixes estão agora no quartinho, que é um cubículo que espreito. Asfixiada.

74

A água do mar é salgada, não mata a sede, a não ser que seja dessalinizada, um processo custoso. A água doce não é açucarada, só não tem sal e hidrata. Água doce de verdade é a água de coco. As pessoas dão às outras água com açúcar para acalmar, doce crendice popular que relaxa. Os coqueiros crescem em praias, cocos doces em água salgada, como o encontro de rio e mar, doce e sal.

75

A origem do açúcar é a cana, que também origina o álcool: ambos alteram os humores dos humanos, da docilidade à agressividade. A palavra, às vezes, agride.

76

Jogue água no cubículo, nela os peixes nadariam e voltariam a respirar, um socorro, um alívio, mas há apenas a lama maciça.

Jogue álcool e uma faísca. Incinere.

A ORIGEM (OU AUSÊNCIA)

77

Não posso com o tempo que não passa. Não posso. Não posso finalizar uma história com o fim do feto enquanto o fito bicado pela galinha, este remanescente não fossilizado dos dinossauros. O feto não se tornará fóssil, não será achado arqueológico; a galinha gulosa consumirá até os ossos.

78

Quantos filhos você vai ter quando crescer, filha? Uns três. Quantos a cadela pare, mãe? Uns seis de cada vez; podem ser de mais de um cachorro as crias. Porcos também parem ninhadas. E as galinhas? As galinhas chocam até ovos que não botaram, adotam pintinhos que não têm sua genética. As galinhas não diferenciam as crias. Há uma lenda de que, na maçonaria, ocorre um ritual de troca: porquinhos seguem a galinha, pintinhos seguem a porca. Essa confusão de espécies perturba o humano. A ilha do Dr. Moreau é um horror. Agora vejo a mistura de peixes se debatendo com o feto, não formarão quimera, e a galinha bica todos indiferentemente. A galinha é indiferente porque não vê individualmente.

79

O feto atesta que houve a reprodução, a união de dois da mesma espécie; a cópula o feto atesta. Mas é mais parecido com os peixes do que com quem lhe deu origem. "A origem das espécies" ainda é incógnita.

80

Nos açougues, as partes da carne são diferenciadas por nomes curiosos: fraldinha, cupim, patinho. Os órgãos e membros têm nomes. Como éramos antes de nomeá-los? "Um corpo sem órgãos" — Artaud.

81

Esquadrinhar corpos nas aulas de anatomia, fitar fetos em vidros de conserva, cortar, recortar, separar, qualificar, seriar. Foi na quinta série que vi o feto em conserva pela primeira vez, fruto de aborto, ausência de frutos. Porque nem tudo é obrigado a frutificar: "Não tive filhos, não transmiti a nenhuma criatura o legado da nossa miséria." — Brás Cubas

A REPETIÇÃO: PARTE 2

82

O tempo parou no quartinho e meus olhos estão parados, cristalizados, pousados. Experimento certa dose de infinito, que é a repetição da cena fadada a ocorrer de novo e de novo.

83

É possível voltar atrás, como fita rebobinada (sou antiquada), voltando um tempinho: o feto estava na barriga, agora ele jaz no quarto, junto a peixes se debatendo.

84

Há histórias que nasceram para ser contadas, não é o caso desta. Não há nada a contar, sequer conto, a língua apenas reflete; é a cena que se mostra sozinha, repetitiva, sem nada a dizer.

85

Ninguém se atreveu a nomear o feto. Solto no mundo, é a recusa do pertencimento. Por isso, foi adequado a galinha comer o cordão umbilical, porque o feto não está ligado a nada, não há elo. A galinha não diferencia o cordão umbilical da minhoca.

86

A galinha é teimosa, irritadiça, obtusa, voluntariosa. Protege os ovos quando os choca, arrepia as penas. Alguns goram e deles não nascem pintinhos; são abortos. Isso não afeta o corpo da galinha: a gestação se dá fora dele. Aquele quartinho agora gesta algo que é um feto, junto de peixes se debatendo. Gesta a morte.

87

Eu sou a mãe dessa gestação no quartinho. Eu sentirei as dores do parto quando fechar a porta ou dar as costas a esse cubículo — a dor do parto me seguirá.

88

Aqui, olhando essa fresta, nada acontece. Um feto jogado, sem olhos, me olha com o corpo. "E, se você olhar longamente para um abismo, o abismo também olha para dentro de você." — Friedrich Nietzsche

DA INUTILIDADE

89

O feto nunca esteve de pé, seus pés nunca serão sustentáculo. O feto resiste à função e à utilidade. O feto é um ato de fé.

90

Tenho fé apenas no que vejo agora: feto e peixes se debatendo. Tenho a certeza da visão que vai se repetir, pois já realizou uma facilitação sináptica no cérebro, destinada a eternizar o que vejo no quartinho. As circunvoluções cerebrais são parecidas com as dobras do universo e também com uma noz crocante que a galinha comeria.

91

Sou capaz de amar o feto apenas pelo que ele é agora, sem espera, sem expectativa. Sou capaz de amar sem dar nomes. E esse amor se incrusta no coração; o feto é fossilizado no peito.

92

Tenho um feto tatuado no peito; ele jamais será algo além de feto. Amém ao que não tem futuro. O quartinho é escuro, eu também. Nascida em 1981.

93

O quartinho escuro é bem frequentado: galinha, cadela. Porcos existem ao mesmo tempo que tudo; porcos nilos não têm pelos e sua pele parece humana. Porcos são mortos com facadas no peito. E gritam. E berram. A morte do feto foi só uma saída silenciosa do ventre, uma travessia, um escorrer sem ruído algum, sem amor algum, muito menos ódio. A galinha não sente nada, é indiferente.

94

A galinha sente os ovos quentes quando choca, quando bota. O frio a desperta. O feto está frio, assim como os peixes se debatendo. E a galinha os bica, indiferentemente, indistintamente. A minhoca é usada para fisgar peixes, e a galinha não a diferencia de um cordão umbilical fetal.

95

Essa força centrípeta não é história nem retorno ao útero. Esse giro de volta é comum nos sonhos, quando não conseguimos correr, às vezes sequer andar. É um mecanismo cerebral que paralisa a coluna para impedir executar os atos dos sonhos. O sonambulismo é a falha nesse mecanismo. A galinha é sonâmbula.

96

Pena é palavra polissêmica. Galinha tem penas; peixes, escamas, feto sequer tem pele. Muitos têm pena do feto, pois não há um tecido que o cubra, não tem uma manta, não terá um caixão, cova e todos os rituais que asseguram: é humano! Isso desde tempos remotos, essas celebrações da humanidade. O feto está mais para peixe, mas não se debate. O peixe não grita, não chora, a dor do peixe não comove, não tem memória. E peixes não morrem em quedas de cachoeiras. O padre Antônio Vieira tratava seus discípulos por "peixes". Há casos de humanos que desceram em barris nas quedas d'água em troca de dinheiro; muitos morreram, não são como peixes, que nadam em tais circunstâncias. Os humanos em barris em quedas de cachoeiras são nada. Nonada.

97

Não há elo que nos ligue, a não ser essa carne que é semelhante, que aproxima pela uniformidade a despeito dos nomes, das partes, dos membros, dos órgãos. A carne do feto e do peixe têm a mesma função para a galinha; a galinha não ama, logo não discrimina. Os homens discriminam e classificam outros humanos abaixo de peixes, abaixo de porcos na Ilha das Flores. O feto é inclassificável — na aula de biologia, não disseram seu filo, apenas que fora filho abortado, rejeitado.

98

Para que padecer de uma origem? O feto e os peixes se debatendo não são o começo nem o fim de nada, não são uma promessa, nem a redenção. Eles são eternos no momento em que os espreito pela fresta da porta, e depois morrem.

99

Não espere mensagem ou redenção. Apenas espero, sem a visão de nada adiante. Tudo é aspereza.

100

O feto é feio. “I´m so ugly but that´s ok cause so are you.” — Nirvana

101

O relógio, o calendário, não significam nada para o feto. Talvez destino bom fosse um rio, onde peixes nadam e não se debatem de asfixia. Mas o feto, ali no quarto, prescinde do bom e do ruim. Ele é — ele não quer, não está entranhado nas horas, embora fossilizado em meus olhos.

102

Diz-se do aborto: tirei o bebê, perdi o bebê. Eu me perdi fitando o feto pela fresta da porta. Despi o tempo, não sei mais se é dia ou madrugada, se sinto sede ou fome, caí num mundo de indiferenciação, e a galinha é indiferente. Perdi-me nesta ponta de universo.

A ORIGEM (OU AUSÊNCIA): PARTE 2

103

Frutas que apodrecem sob as árvores que lhes deram origem formam um mundo pequeno, um ciclo, um retorno da vida que não prolifera para fora da circunscrição da copa. Há, entretanto, os insetos e as aves polinizadoras, que levam as sementes ao deus-dará. O feto é a semente que não vingou e não vagou, que saltou do útero antes da hora, agora plantado no quarto, pequeno junto de peixes se debatendo. O feto é uma aparição, era para estar coberto, mas está em exposição. Nos açougues e feiras, carnes de animais ficam à mostra e podem atrair moscas. Como o feto.

104

As moscas põem ovos que viram larvas. As larvas, como as minhocas, são boas iscas para peixes, que não as diferenciam e não se lembram de terem sido fisgados. É possível, então, perder um peixe e depois pescá-lo em outra ocasião. Peixes têm pouca memória ou têm memória de peixe. O barulho durante a pesca os espanta. A graça da pescaria é o silêncio. O feto no quarto é o mais puro silêncio, ferido pelos peixes se debatendo. Espreito a fenda.

105

O fim de tudo pode ser silencioso, ou pode ser um grito. Não saberei como me comportar no fim. O recém-nascido berra, o feto não, ele é uma negação. Serei como quem, na hora derradeira? Serei uma anunciação, ou o inverso dela? O feto é circunspecto e do avesso.

106

Ocorrem contrações para o nascimento; a contração expele, ejeta. Há coisas feitas para serem expelidas, outras são só um retorno.

O ESQUECIMENTO

107

O tempo está turvo, escuro, vai chover; vão se formar poças d'água. Há uma goteira no quartinho, ritmada como minha pulsação. O feto não pulsa mais, apenas peixes se debatem. Tudo perece, padece de um esquecimento. O mundo vai ficar limpo e com poças, barro. Peixes se agitam nas nascentes, a maioria nunca será pescada. A imensa maioria nunca encontrará um feto humano. E, se encontrar, não haverá espanto.

108

Peixes não diferenciam minhocas de larvas, tudo é comida. A galinha não diferencia a minhoca do cordão umbilical. Nada neste quarto ao redor do feto o reconhece ou lhe dá nome. Ninguém o chama. A atmosfera está vazia, sem sons ou chiados, apenas o barulho de chuva e goteira.

109

Um pesar me toma o peito: não é luto, não é tristeza, não é solidão. É o mundo que se verga, é a goteira ritmada que molha o feto — ele foi feito para estar assim, molhado feito peixe.

110

Me toma a sensação de tudo estar como deve estar. Parou de chover.

111

Borboletas surgem. Borboletas juntas, mesmo em grande número, não pesam. Elas são a leveza. Elas são etéreas. O feto saiu do ventre antes de pesar; não há pesar nele e por ele, nem o desejo de sua perpetuação. Proliferações de borboletas colorem o cinza maciço.

112

Nesse cubículo há muito de vivo; há essa indiferenciação toda de vísceras. Apenas os peixes pulam e pulsam. O feto recolheu-se em botão de rosa e fechou-se. As borboletas são folhas que o vento levou há muito tempo, ele, o vento, operou a mutação, a metamorfose. O mito, o estágio da lagarta, que também é bonito, foi pulado.

113

Macios são os segredos da rosa, plantada no chão, ela se eleva e, em liberdade, solta as pétalas — borboletas.

RITUAL (OU AUSÊNCIA): PARTE 2

114

Fumar ou beber durante a gestação pode prejudicar o bebê. O feto ali jogado não pode mais ser afetado nem pelo amor, nem pelo descuido, nem pelo álcool, nem pelo cigarro. Ele prescinde dessas manifestações de humores, ele já se tornou cinza. A ele não é destinado um velório, nem a cremação. A ele se destina o cigarro que acendo agora, a fumaça se evola e toma o quartinho.

115

Não há qualquer asfixia pela fumaça, ela se insinua em formas dançantes pelo ar, como incenso e mirra em celebrações de domingo. O feto é incensado, recebe esse presente em forma de fumaça — eu sou um dos reis magos.

116

Olha aqui, estou de costas pra ti, te dou as costas, te dou tudo mais que não para de lanhar, lacerar. Veja o feto, veja os peixes, seja como eles, seja uma aparição, não passe despercebido, não seja ignorado na multidão. Seja sem fim, espalhe-se, canceroso, mancha no pulmão.

117

O feto já passou por todos os perigos, agora jaz inerte em calmaria. Ouço apenas o barulho de peixes se debatendo.

118

Espreitamos o vazio, incrustados no dia em que não nascemos, em que nos viramos para dentro, da pétala ao botão: retrocedemos, o inverso do caminho reto. Flecha de Zenão.

119

Presos ao dia em que não nascemos, como o feto. Um porco guincha ao ser esfaqueado. Seu coração sangra, e um lamento singra a atmosfera.

120

Bebês que nascem antes da hora são prematuros; precisam ser incubados, a simulação do útero. Uma onda do acaso é o dia do nascimento, o dia exato de estar formado nunca se conclui de fato, pois padecemos de prematuração.

121

Ficamos em posição fetal quando inseguros e com medo, buscamos a ilusória proteção no encolhimento, que é também uma forma de camuflagem. O feto se camufla entre os peixes.

122

Quando criança, ganhei um aquário e fui básica demais ao lavar as pedras com água sanitária. Matei os peixes.

123

Desde então, tomo cuidado com o que peço de presente. Não sei cuidar de peixes nem de plantas. Ambos morrem em minhas mãos.

124

Finco os olhos na cena corrosiva. Eu, que fui cáustica quando matei os peixes no aquário. Eu, que não saio em socorro desses que se debatem. Eu, plantada.

125

O feto me faz recordar desses pequenos fatos, dessas pequenas mortes sem ressurreição, sem alma, porque peixes não têm alma nem voz e, se choram, as lágrimas se camuflam na água. A camuflagem é uma engenhosidade na evolução das espécies. No escuro, não distingo peixes do feto. E, na claridade, quase não distingo vaga-lumes de baratas.

126

O feto e os peixes no quartinho são o avesso da miragem, do oásis, do desejo. De tanto não querer ver, não consigo tirar os olhos, que pousam sem trégua e repouso. Feto e peixes são o avesso da clareira na floresta, são pura escuridão sem nome. O tempo está represado, não se move. Eu estou congelada, e o vento passa para acalmar tudo, para assegurar que vejo. Que não olho só para dentro — embora veja entranhas.

127

Estranha é a mulher paralisada diante do avesso, diante de vísceras. O feto é o inverso da expectativa e me faz sentir um nó na garganta e no estômago. Tudo é indigesto e sem fim.

128

O feto nunca chorou. Os peixes nunca choraram. Eu sou como nuvem que ainda não se precipitou e vivo na fresta temporária da eternidade — na fresta desse quarto.

A PROJEÇÃO

129

É possível projetar formas em nuvens, é possível projetar um filho na gravidez, mas o feto no cubículo é refratário à projeção.

130

Não se pode nadar em dia de tempestade sob risco de descargas elétricas e choques. Não se pode. É uma forma de morte rara, como são raros os raios que nos partem. A maior parte do mundo é rara, existe sem alcançar nossa percepção, que difere da dos outros animais — eles alcançam cheiros supersensíveis e sons supersônicos, que não percebemos. O daltônico não vê os mesmos tons que a população geral.

A visão do cubículo não é colorida. Em dias de chuva, a refração da luz branca nas gotas suspensas na atmosfera produz o arco-íris, que existe em suspenso, como esse quartinho, que não é colorido. Gosto das aproximações e oposições, seco e molhado, peixe e pássaro, colorido e incolor, inodoro e insípido. Água. O feto não se opõe a nada.

131

O relógio analógico quebrou. Os ponteiros vão ficar para sempre na mesma posição. Não me movo diante do feto e dos peixes. Louvo a queda do ventre, queda sem retorno. Louvo a deus.

132

O quartinho está mumificado, encerrado nesse tempo-espaço de muitas eras e de espera. Espere comigo a ausência de acontecimentos, o desdobramento de nada, água parada.

133

Quando lembrança encobridora e presente são a mesma coisa, o tempo abdicou de ser senhor de todos os acontecimentos — foi burlado.

134

Não é bem uma lembrança, é tudo o que se tem no cume e no abismo. Não há nada além; não voltei a esse dia.

135

E os porcos? Os porcos na bíblia recebem os espíritos imundos. Porcos atacam humanos se apresentados à carne. Comem as próprias fezes, vão do sagrado ao profano.

136

Meu coração está perdido nesse lugar que não se move. Meu coração é sanguíneo, e o sangue é um meio de transporte. Transito do coração ao feto. Sinto a galinha indo em direção a um louva-a-deus. Ouço o grito do porco abatido com um punhal.

POLISSEMIA

137

Um porco, quando grita, é o portal para sons inaudíveis, sons que desmoronam nossa frágil estrutura. Ouvi-los é morrer. O feto não emite som, mas sobrecarrega a visão.

138

Os porcos são desmembrados após a matança. Tudo se aproveita, até as tripas viram linguiça. Da galinha não se aproveita o bico, muito funcional em vida. Galinhas de granja têm as pontas dos bicos cortadas para não se bicarem, é a debicagem. Há ditados sobre o bico: dois bicudos não se bicam, não é para o seu bico. O bico é feito de queratina, como as unhas e os cabelos humanos. O bico da galinha é curvo, o espaço também, assim como um nariz adunco. Não enfie o nariz onde não é chamado. Não enfie o nariz no cubículo malcheiroso onde a galinha bica um feto.

139

A sede do pensamento é o cérebro, mas também pensamos com o corpo, com os intestinos — os dos porcos servem para fazer linguiça. É necessária a assepsia das tripas para tal feito alimentar, é necessário limpar o porco.

140

Um porco limpo só pode estar morto. A assepsia pode ser fatal.

141

O feto não deu um grito inaugural, ele não fundou uma existência e não tem essência. O feto é essencialmente precoce, primordial e abissal. O porco grita com a punhalada no coração, que não será usado em transplantes.

142
Estou enchendo linguiça. Voltemos ao coração.

CORAÇÃO

143

Beco, bico, boca, berro, grito, cacarejo. Não há palavras, não há língua articulada. O porco berra com um punhal enterrado no coração. Já houve caso de transplante de coração de porco para humano. O coração pode ser nômade.

144

Já comeu espetinho de coração de galinha? Cada espeto comporta mais de uma dezena de galinhas mortas. Corações no espeto são saborosos.

145

Como os galetos mortos ao primeiro pio, iguaria que será explicada adiante.

FOTOGRAFIA

146

O feto é um fenômeno da natureza chamado morte e precocidade. O feto não tem idade. É eterno como as pirâmides do Egito.

147

Perdi as contas das horas, os olhos estão cravejados de diamantes, o âmbar fossiliza o quartinho, o instante fatal do olhar é como fotografia.

148

Roland Barthes estudou a fotografia e a aproximou da morte e da eternidade, por repetir o irrepetível, o contingente da existência.

149

Olha aqui, isso que te apresento, feto e peixes se debatendo, é uma fotinho de monóculo.

NEVERMORE

150

O destino de tudo é a pedra: imutável, rochosa. O feto torna o quarto fértil e fétido. Os peixes têm escamas que ferem. O bico da galinha é agudo e ela é obtusa.

151

Ocorre a contração do tempo. Ocorre a fatalidade com apenas uma testemunha, que já não enxerga. O porco berra, a boca do feto é uma cavidade sem função.

152

A sonoridade da galinha é vibrante, ela deixou de voar porque é muito terrena. Ela não traz nenhuma mensagem ao cubículo, é incapaz de dizer sempre ou "nunca mais", não é uma ave que profere falas, muito menos sentenças, ela apenas bica com agudeza, indiscriminadamente, sem qualquer amor, não é porta-voz de nada. Ela cisca entre feto, peixes e ataca o louva-a-deus. A galinha não sabe o que é uma oração.

153

Galinhas de granja são transportadas em caminhões apertados, elas não podem se movimentar. Ave que se move sempre rumo à devoração, que não distingue o cordão umbilical da minhoca.

154

Há uma certeza perto do fim. A galinha está sempre ocupada, é sempre certeira e pode sobreviver instantes após a decapitação. Há um caso de uma que sobreviveu mais de um ano nessa situação. A galinha vive em devaneio.

155
Essa visão não me apetece; o cheiro se entranha nas narinas e nunca mais será esquecido. A galinha não diz “nunca mais”, é uma ave sem o atributo da fala, que não tenta medir infinitos, que parou de voar porque é terrena, é do solo, incrustada. Fóssil.

156
O feto é irreal. Galinhas são leais apenas a si mesmas.

157
As galinhas estão sempre em transe, inclusive quando consomem um louva-a-deus. Suas moelas são trituradores de alimentos, na falta de dentes. O nascimento de dentes é doloroso e tardio nos humanos, o feto é anterior à mordida.

158
Mas foi bicado pela galinha. E porcos guincharam. Uma cadela foi embora. Perco a referência das horas, estou sonâmbula como a galinha. Não posso empregar os verbos conforme as regras, pois as coisas não estão regradas.

COBRA, PALAVRA POLISSÊMICA

159

Da passagem por esse microcosmo, o quarto, ninguém sai ileso. Apenas a galinha sai incólume, chega a engolir pedras junto da comida, chega a travar brigas no terreiro e é capaz de engolir uma cobra. Cobra é palavra polissêmica.

160

Cobras matam pelo veneno ou a asfixia. Elas rastejam mas podem nadar. Não há cobras no cubículo, há cobras no meu peito, nos meus cabelos. Comem ratos e sapos, mas podem ser comidas pelas galinhas, tão certeiras e tão certas de tudo.

161

Tartarugas enterram seus ovos na praia. Os répteis enterram os ovos e não os chocam como as galinhas, ou raramente o fazem. Os filhos dos répteis são autônomos ainda fetos, são sós desde cedo, e são frios. O calor e o aconchego são fonte de apego, e há estudos psicológicos sobre o apego que o vinculam ao aconchego do colo. Os macaquinhos preferem a simulação da mãe de pelúcia à mãe de arame.

162

Cascavéis têm guizos, elas os chacoalham e anunciam o bote. As jararacas são camufladas. As cobras não são uma ameaça ao feto, ele transcendeu o perigo com a morte e rescende no muquifo. O feto é incensado, como se tivesse recebido mirra de um rei mago. O feto é messiânico.

A QUEDA

163

Estar prestes a cair

em um buraco

é comum em sonhos, normalmente acordamos antes de chegar ao fundo. O feto é abissal, caiu, chegou ao fundo e não voltou para contar história. O feto não fala, não narra. Falamos por ele, que é indiferente, como os peixes que não têm voz.

164

Cachoeiras são quedas d'água,

a água não se assusta quando cai, só fica mais enérgica e espumante. Os peixes também caem e não se importam com isso. As correntezas os tornam céleres, as cachoeiras, ágeis. Formigas podem cair de prédios sem sofrer qualquer dano. O feto caiu antes do tempo e permanece pequeno.

FIAT LUX

165

A luz é veloz. Fiat lux. O feto é lento, macilento, refratário, acinzentado, não será sepultado, tem a dignidade de ser só e sem nome, tem a hombridade do esquecimento, do apagamento, não é homem.

166

Podíamos ser iluminados por vaga-lumes, a vaga luz nômade, sem distinção do que irá iluminar, a vaga luz que pisca como meus olhos sem luz própria, mas iluminados à noite por estrelas. Brilhemos.

167

Não nos tornamos estrelas quando morremos, as constelações não expressam nada, não significam nada. São fantasmas, cemitérios, pois as estrelas, quando nos chegam, já morreram.

168

A memória também é uma luz que persiste, o reflexo de algo que já se foi, espécie de fotografia, mas também a lembrança fenece; também sua luz se apaga um dia.

169

A lua é iluminada, as estrelas são luminosas. Os corpos celestes formam as galáxias gigantescas. A amplidão do mundo não nos redime, não minora a dor. Prender o olhar em um feto é ser triste; desviar é seguir em frente, apesar de tudo, apesar de ser grão de areia.

170

Dou mostras de humanidade ao lembrar, e também ao esquecer. Apenas amostras de vida padecem de memória: um arquipélago.

Somos vulcões que um dia entram em erupção para esquecer. A lava quente esfria e forma fósseis. Tocamos a eternidade.

171

O feto está frio e morto e me afeta, move entranhas. A fé move montanhas. O feto é um ato de fé.

MEMÓRIA

172

Não me leve a mal no dia em que eu te esquecer, não queira ser eterno, muito menos dentro de mim. Seja leve, efêmero, etéreo. Não há cordão umbilical que nos una para sempre, e se houver, uma simples galinha pode cortá-lo.

173

Talvez você queira a repetição do prazer perdido e norteie a sua vida por isso, mas nada se repete de fato, todas as coisas são reconstruções mais ou menos fidedignas das originais. A lembrança mais maciça que tenho é do presente, decerto uma pedra. Presente é palavra polissêmica. Pressente?

EXISTENCIALISMO

174

Um presente é sempre uma descoberta e uma decepção, por mais que seja o que foi desejado, o presente preenche e não deixa espaço para a imaginação. O feto é pura presença, nunca foi imaginado.

175

Nos objetos, diz Sartre, a essência precede a existência. Eles são imaginados e então forjados. O humano, ao contrário, nasce e depois constrói sua essência, ela não é prévia e é feita de liberdade e escolhas. O feto não tem essência, ele é uma aparição. Estou presa nessa visão que dói.

176

O quartinho fétido com o feto requer uma limpeza, uma assepsia. Mas, tal qual a pocilga, ninguém se dispõe a lavá-lo, a dissipar a catinga. Minha alma não está lavada, nem a do feto, que não tem alma, tal qual os peixes, desalmados.

177

De que adiantam as escolhas, quando se é eterno? Tudo será vivido, haverá tempo de todo o possível ocorrer. Escolhemos, de fato? Ou somos empurrados a esse fardo, a esse quarto, a esse feto, a esse eterno retorno?

178

O feto é bípede, mas nunca andou. O bebê humano engatinha antes de ser bípede, de fato. As galinhas são bípedes e têm asas no lugar de braços. Os quadrúpedes carregam menos peso proporcionalmente; não se vergam, não se ajoelham, as galinhas também não, elas não reverenciam nada, são atrevidas e cheias de empáfia. O cérebro da galinha é minúsculo, o do feto é grande mas não terá função. Bebês anencéfalos podem sobreviver até o parto e após ele. Já houve o caso de uma galinha que sobreviveu, por mais de um ano, à decapitação. A vida, às vezes, é bem estranha, feita só de entranhas que pulsam.

179

O porco se esgota e se esvai em sangue. Um homem comerá chouriço e torresmo.

180

O quartinho é um beco sem saída onde a galinha bica o feto, onde o ar não circula, onde o tempo é represado. O quartinho é um poço com peixes; meus olhos estão secos e vermelhos de tanto fitar, de não piscar, meus olhos não podem evadir-se. O quarto vai fugir quando eu piscar. Num piscar de olhos, ele some.

NEVERMORE: PARTE 2

181

Carregar uma bacia com ovos requer equilíbrio; eles podem se chocar. Carregar um feto na barriga exige equilíbrio. Carrego o feto do quartinho nos ombros e nos olhos. A língua é compulsiva ao falar do feto: a língua que se move como peixes se debatendo. A língua do feto não é portuguesa, ele jamais pronunciará palavra. Jamais. E a galinha não é ave que fale; não diz "nunca mais". A galinha é falha e, por isso, perfeita.

182

Crianças católicas são batizadas. São ensinadas a fazer promessas, a rezar a ave-maria, o pai-nosso, o credo, a usar o rosário feito de contas. Perdi as contas. O feto não sabe contar, não vai rezar. "Contas" é palavra polissêmica.

183

Este cubículo é inamovível. Apenas peixes se movem. Tenho os olhos fixos, vidrados, esgazeados. Não se deu à luz, de fato, ao feto, seminascido.

184

O feto não tem cabelos, os peixes não têm pelos, nem a galinha, nem porcos nilos. Há estudos psicológicos sobre o apego que o vinculam ao aconchego do colo. O feto não é fofo, não é propício ao vínculo.

185

Peixes são um signo, galinha e porco fazem parte do jogo do bicho. Bichos definindo a natureza e a sorte humanas, bichos ditando o destino. Não há como ler a sorte do feto, ele não tem signo nem significado, não tem impressão digital. O significante "feto" é vazio de fato.

186

Se tivesse sido abandonado em um pé de árvore, o feto estaria junto de frutos apodrecendo, adubando a terra, ou estaria repousando em um galho, mas o feto fora lançado junto de peixes se debatendo, peixes que respiram na superfície e no fundo. O feto é profundo.

187

É fato: aquilo não me engana, e aquilo são peixes se debatendo em um quarto minúsculo, e junto deles há um feto. Todos parecidos. Lama, peixes e um feto — ali decidiram descartá-lo.

188

Miséria é ter menos que o necessário à sobrevivência, um naco de existência que persiste a despeito de privações de toda sorte. A miséria humana tem muitas faces. O feto poderia ter sido jogado na privada, numa fossa, que é profunda, mas jaz entre peixes se debatendo. A visão do feto persiste; sua vida, não. O feto não existe.

189

Faça o feto de espantalho; seja um palhaço incapaz de parir uma piada, como eu. O feto não foi parido.

190

O feto não se tornou capaz de comer pela boca, não deu um grito primal, inaugural, ele não é uma saudação nem um adeus; encontrou a saída, a luz no fim do túnel antes de se formar, antes de ser gente, ele viu a luz — e se apagou.

PRAGA: PALAVRA POLISSÊMICA

191

Pragas podem tomar plantações. Uma praga de mãe, dizem, pode secar uma planta. Praga é nome de cidade e também palavra polissêmica. O feto era úmido e secou, sem pai, sem mãe, sem qualquer praga.

192

Espantalhos espantam pássaros. Gafanhotos devastam plantações, são pragas bíblicas do apocalipse. Eles têm a cor daquilo que comem. Cupins comem madeira, chupins colocam seus ovos para outros pássaros chocarem. As galinhas chocam inclusive ovos que não botaram, elas não têm noção de propriedade. Pessoas são donas delas e de seus ovos, o que elas ignoram.

193

Os cupins são capazes de destruir propriedades, desmoronar as estruturas; destruiriam o quartinho — sobrariam escombros.

194

Escolho a visão apocalíptica do cubículo, mas poderia estar olhando para campos floridos, que podem ser tomados por gafanhotos. Nada nos redime.

195

Gafanhoto é praga. Com ele, o louva-a-deus se parece mas este é mais afilado; chega a ser humanizado em seu louvor. O louva-a-deus é carnívoro e come inclusive gafanhotos. A galinha é bicho que come todos e os digere indistintamente.

196

O louva-a-deus também é chamado de cavalinho-de-deus e é parecido com a esperança, que foi quebrada pela galinha, bicho que não aguarda e não se ajoelha. Esperança é palavra polissêmica.

197

Olha, olha aqui, estou há um tempão sem te dizer nada de útil ou agradável; nos meus olhos, pousa e pesa o feto, não há redenção nem futuro, não há apuro nem socorro nem assombro; não há resgate nem ressurreição. Olha aqui, eu só queria te dizer que isso é uma espécie de amor anterior a tudo: um amor anterior às galáxias, um universo em forma de laranja que ainda não espocou, um amor antes do Big Bang, que é uma semente. Tudo muito encolhido, tudo pequeno e atávico, movendo entranhas, em expansão. Não me estranha, eu sou essa anterioridade, essa vontade só de parar o olhar até ressecá-lo, até deixar de ver e cair na escuridão, uma atração por abismos, um avesso de grito e de nascimento, um filamento de caos.

DA INUTILIDADE: PARTE 2

198

Olhos de predadores são de frente, de presas são de lado. Eventualmente, entretanto, todos podem tornar-se presa e até predador. O louva-a-deus tem olhos de predador, mas foi comido pela galinha, com olhos de presa. A vida tem pressa e opera inversões. A galinha não diferencia gafanhoto de louva-a-deus e esperança.

199

O gafanhoto é uma verdura vegetal que criou vida de inseto. O louva-a-deus é o verde camuflado nos prados; os vegetarianos consomem apenas vegetais, embora tenham olhos de predadores. O humano também opera inversões e não trata tudo conforme a utilidade e a função.

200

Antes de Darwin, Lamarck estabeleceu que os seres vivos evoluíram conforme uma meta e uma função — o esforço da girafa para comer nas copas altas esticou o pescoço, e tal característica foi transmitida às gerações seguintes. Mas Darwin inseriu as espécies na senda do acaso: havia girafas de pescoços curto e longo; por acaso e sorte as de longo alcançaram as copas altas e sobreviveram. O pescoço longo não tinha função a priori, mas por sorte topou com copas altas. O humano não tem função a priori — e pode topar com feto e peixes se debatendo.

201

Há restaurantes que vendem galetos mortos ao primeiro pio. Isso é destaque no cardápio — o primeiro pio, que tinha a função de anunciar o crescimento, topou com uma espingarda. Alimento-me eventualmente nesse restaurante.

202

O pinto pode sair do ovo, desbravar o mundo novo e, ao primeiro pio, ser abatido. Alimento-me no restaurante que coloca tal informação no cardápio. Vivemos na sociedade da informação.

203

Há resquícios evolutivos sem qualquer função, como o apêndice, que pode ser retirado. Pessoas consideradas sem qualquer função na sociedade são comumente descartadas, é o darwinismo social. Eu e o feto não temos função, a não ser nos olharmos, a ausência de finalidade nos destaca. O feto não tem vida biológica nem civil, os loucos interditados não têm vida civil — embora vivos, tiveram a morte social decretada. O feto morreu em todas as esferas e dimensões, em toda a Terra, o feto sequer existiu um dia.

204

Na história de João e Maria, depois de serem seduzidas por doces, as crianças são ameaçadas de devoração. Querer que as crianças tenham uma função é devorá-las. As crianças são inúteis. "Toda arte é completamente inútil." — Oscar Wilde

205

O feto não será bem-sucedido nem fracassado, não é bem-nascido, está afastado das metas humanas e dos sonhos. A galinha é sonâmbula e bem-sucedida como espécie, tem um bico certeiro em direção ao cordão umbilical e ao louva-a-deus, que é carnívoro e capaz de predar até pássaros. A galinha não raciocina. Não tem esse defeito evolutivo chamado consciência, que o feto não chegou a desenvolver. O feto é perfeito.

206

Fito o feto. Fi-lo à minha imagem e semelhança, meu filho. Nós, do filo dos cordados, como os peixes, apresentamos a notocorda, que origina a coluna vertebral, a qual não sustentará o feto.

207

Feixes de luz adentram o cubículo, as escamas brilham peroladas. O feto é como uma pérola, espécie de produto de reação alérgica. Um feto em conserva exposto na feira de ciências serviria ao ensino da origem. Tudo o que me ensinaram sobre o feto naquele dia, eu esqueci agora. Fetos e peixes têm, evolutivamente, notocorda, o que os coloca acima dos artrópodes e anelídeos na escala evolutiva.

208

Na quinta série, além de ver o feto, fiz um trabalho de ciências sobre os artrópodes. Os conservei em formol, que não deixa perecer e é utilizado para alisar cabelos. O meu é crespo.

209

Há a possibilidade de alisar o cabelo com ferro quente. Com ferro quente se marca o gado, à brasa.

210

Brasa é fogo em estado sólido; lava, em estado líquido, a lava esfria e fossiliza. O feto não se tornará fóssil. Não deixará rastro ou vestígio — a não ser nesta minha repetição, compulsão. A galinha não distingue larva, minhoca e cordão umbilical.

211

Compulsão pode ser um vício — um vício de linguagem. O feto é uma miragem. Preciso fechar os olhos, ao menos piscar, enquanto a galinha cisca e pisa o feto.

212

Os porcos são mundanos, são imundos. A inundação poderia tomar o quarto. Vejo-o com os olhos borrados pelas lágrimas de exaustão.

213

Fechar os olhos é imperativo. Fechar e não morrer. Fetar.

214

Fiar é a atividade de fiandeiras. Fetar, a dos fetos. O verbo: indicativo e imperativo.

PROLIFERAÇÕES

215

Fisgue memórias do nada. Fertilize o solo, gere a combustão — a geração espontânea: hipótese de que a vida vem do nada refutada por ambientes vedados, que não geram larvas porque não atraem moscas, como o feto no vidro.

216

O feto e a galinha não conhecem os meios de comunicação de massa, mas são passíveis de serem fotografados, divulgados, disseminados. São passíveis de terem suas imagens multiplicadas, viralizadas — ao infinito. Esse cubículo tende ao infinito — e é minúsculo.

217

Não sabemos se os vírus são, de fato, seres vivos, embora sejam dados à multiplicação. As pragas, como os gafanhotos, também são dadas à multiplicação. O louva-a-deus difere um pouco do gafanhoto: não é uma praga, é afilado e charmoso.

218

O feto não se multiplicará, mas sua imagem pode viralizar, muitas imagens iguais, reproduções, replicações. Os vírus se multiplicam e são capazes de matar o hospedeiro. A barriga hospedava o feto e o despejou.

219

Não sabemos o ponto exato de dizer: "está vivo". Os vírus são seres vivos? Isso ainda é uma questão científica. Assim que pararem de se debater, os peixes estarão mortos. O que dizer dos seres que só sobrevivem se acoplados a outros? Seríamos todos, em algum grau, assim? Em algum grau fetal, boneca russa.

Dê um grito de independência, não se prenda a nada, ao contrário de mim, presa agora a essa visão.

“AMAR, VERBO INTRANSITIVO”

220
No seriado *Chaves*, há um personagem que vive ameaçado de despejo e não tem função na vida. A Bruxa do 71 também não tem função e o ama.

221
O amor não tem função.

222
Eu amo o feto.

223
Um gesto de amor poderia parar a repetição da cena, um gesto de amor seria capaz de estancar essa espécie de hemorragia transformada em verborragia. Falo o desnecessário, o desimportante, o desamor. O amor é raro.

224
Olha, eu poderia continuar indefinidamente essa forma de digressão, esse falar só do que não tem importância, cheio de erros e contradições. Eu habito o vácuo, o oco, e te chamo para um café. Não me despeço ainda. Ainda não. Talvez em breve. Espere.

225
Confie em mim, fie-se nesse olhar fadado a trair. Amar o feto é desamor a todo o resto. Afeto é o que nos forma.

226
Olha aqui, bem nos meus olhos, onde pesam os vaga-lumes. "O que não pesa, não brilha." — Deborah Brum

227

Vaga-lumes parecem baratas na claridade, o louva-a-deus parece gafanhoto. Eu pareço o feto e padeço de peso. Nada refresca meu olhar.

FIAT LUX: PARTE 2

228

A pele é o maior órgão do corpo humano: protege e cobre. A pele do feto sequer se formou, ele tem certa transparência, o que permite enxergá-lo demais. É intolerável ver tanto, então a cegueira se instala na visão. Só posso encarar o feto com a visão borrada. As telas impressionistas são borradas, têm o tom exato para não ferir o olhar e são intensas. As telas expressionistas exageram certos traços, sugerem a deformidade. O feto não se formou. A pintura do pôr do sol que fiz é impressionista.

229

O que vem depois do pesadelo é a leveza, a névoa. Uma língua estrangeira se articula nos sonhos e desemboca nesse palavrório sem sentido — esse cacarejo horrível.

230

Tudo padece de inchaço; tudo é farto demais e se derrama, inundando a visão. A cegueira pode não ser falta, mas excesso.

O ESQUECIMENTO: PARTE 2

231
O acesso a esse feto deveria ser vetado, ele me consome. É preciso coragem para esquecê-lo e força para lembrá-lo.

232
Esqueça as besteiras que eu te disse. Esqueça tudo. Seja sem futuro, sem perspectiva. Não suba na vida, permaneça em queda.

233
Um respiro, eu preciso. Um alívio. É hora de respirar? Que horas são?

234
Hora de descer ao inferno-feto, hora de espreitar entranhas. Mulher estranha e apocalíptica.

235
O apocalipse é o feto e é um livro bíblico. O feto é infernal; é o fim do mundo.

236
O feto está morto. Os mortos viram fogo-fátuo.
Incinere a cena fadada a se repetir.

A CAVERNA

237
Segundo o mito platônico, estamos aprisionados diante de uma caverna. Uma fogueira projeta sombras das coisas verdadeiras ao fundo. É isso o que vemos, sombras.

238
Segundo o mito da caverna de Platão, nosso conhecimento se assemelha ao de uma pessoa acorrentada diante de uma caverna, vendo projeções de objetos verdadeiros que passam atrás.

239
O mito da caverna é uma das inúmeras tentativas de explicação da condição humana. É o não-ser das coisas vistas, o avesso do visível. O feto é do avesso e revela a formação em curso, interrompida, porque nem tudo é obrigado a frutificar. O não-ser é também parte do cosmos e seus vazios.

240
Essa visão é vã e vazia, é uma invasão das vistas, vidradas.

241
É fato: aquilo não me engana, e aquilo são peixes se debatendo em um quarto minúsculo, e junto deles há um feto. Todos parecidos entre si. Lama, peixes e um feto — ali decidiram descartá-lo.

242
É fato, aquilo não me engana.

243
Apesar de ver sombras, sinto como se olhasse direto para o sol. Aguardo o eclipse, o apagamento, a cegueira.

244

Pisco e viro o rosto. O feto ficou atrás, para trás. Para trás!

245

O quarto pode, enfim, descansar. R.I.P. Não está limpo, não está vazio, apenas recolheu-se na fresta do tempo quando me virei.

246

Ouço ecos distantes: verdadeira ladainha, cantoria, palavrório de galinha, gritos longínquos de porcos. Ouço o oco do mundo.

247

Longe de tudo, nessa espécie de fim do mundo, minha face se depara com a sua.

Bem-vindo! Os encontros são um choque, de supetão, são mais um trombar que um tocar. Feche a porta. Descanse e evite

a claridade.

Posfácio

Deborah Brum

Fios de textos, fragmentos que nos abrem ao desconhecido. Sem saída, busco em Deleuze e Guattari* a possibilidade de encontrar o começo de um dos fios com o qual eu possa cerzir em linguagem alguns afetos despertados pela leitura de *Louva a deus*: "...é um rizoma, é uma toca... O princípio das entradas múltiplas só impede a entrada do inimigo, o Significante, e as tentativas para interpretar uma obra que, de fato, só propõe a experimentação" (p.19). Vida — morte e morte — vida? Não há uma entrada certa de resposta para as perguntas que a autora

* Gilles Deleuze e Félix Guattari, *Kafka para uma literatura menor*, trad. Rafael Godinho. Lisboa: Assírio e Alvim, 2003.

faz neste texto labiríntico que, paradoxalmente, se fecha devido às múltiplas saídas que se desdobram para novas entradas — "Então diga: a vida é bela! Ela não é essa inércia mortífera a que chamamos de feto... ou é? ou simplesmente é?" (trecho 39).w

Colocado num quarto minúsculo, onde peixes se debatem junto a um feto na lama, não há senão uma possibilidade para o leitor: experimentar o desconhecido, ou melhor, a experimentação daquilo que só pode estar em devir (devir-peixe, galinha, porco, feto, em devir louva-a-deus).

Louvar a vida a partir de perguntas que me foram mobilizadas por esta leitura: então a vida é o avesso de si mesma? Sou eu a predadora ou a presa deste texto?

Neste labirinto textual, a autora insere pequenos trechos literários de alguns dos autores com os quais dialoga: "E, se você olhar longamente para um abismo, o abismo também olha para dentro de você." — Friedrich Nietzsche (trecho 88), escavando assim o lamaçal de sua linguagem seca, cortante, cujo fio da sintaxe é também uma forma de resistência e rebeldia. Fio este que nos sufoca num ar de estranhamento e de reconhecimento.

Expandir os pulmões é, afinal, nascer para a vida, para este desconhecido que se fecha numa única certeza: se há vida, há morte.

ATRAVESSARAM O *LOUVA A DEUS*

Giorgio Agamben, Edgar Poe, Umberto Eco, Lacan, Clarice Lispector, Mário de Andrade, Chico Buarque, Guimarães Rosa.

Edição **Renata Py**
Revisão **Marcelo Beso Veronese**
Projeto gráfico **Arquivo [Hannah Uesugi e Pedro Botton]**
Imagem da capa **William Warby/Unsplash e Adobe Firefly**
Foto da autora **Arquivo pessoal**
Produção executiva **Bruna Lima**

LARANJA ORIGINAL EDITORA
E PRODUTORA EIRELI
Rua Isabel de Castela 126 Vila Madalena
CEP 05445 010 São Paulo SP
contato@laranjaoriginal.com.br
@laranjaoriginal
laranjaoriginal.com.br

Dados Internacionais de Catalogação na Publicação (CIP)
(Câmara Brasileira do Livro, SP, Brasil)

Caputo, Elieni [1981–]
Louva a deus / Elieni Caputo; prefácio Annita Costa Malufe; posfácio Deborah Brum — 1. ed. — São Paulo: Editora Laranja Original, 2025
(Coleção Prosa de Cor; v. 20)

ISBN 978-65-5312-005-1

1. Prosa brasileira I. Malufe, Annita Costa. II. Brum, Deborah. III. Título. IV. Série.

25-273704 CDD-B869.8

Índices para catálogo sistemático:
1. Prosa: Literatura brasileira B869.8

Eliete Marques da Silva — Bibliotecária — CRB 8/9380

COLEÇÃO **PROSA DE COR**

Flores de beira de estrada
Marcelo Soriano

A passagem invisível
Chico Lopes

Sete relatos enredados na cidade do Recife
José Alfredo Santos Abrão

Aboio — Oito contos e uma novela
João Meirelles Filho

À flor da pele
Krishnamurti Góes dos Anjos

Liame
Cláudio Furtado

A ponte no nevoeiro
Chico Lopes

Terra dividida
Eltânia André

Café-teatro
Ian Uviedo

Insensatez
Cláudio Furtado

Diário dos mundos
Letícia Soares & Eltânia André

O acorde insensível de Deus
Edmar Monteiro Filho

Cães noturnos
Ivan Nery Cardoso

Encontrados
Leonor Cione

Museu de Arte Efêmera
Eduardo A. A. Almeida

Uma outra história
Maria Helena Pugliesi

A morte não erra o endereço
Plínio Junqueira Smith

No meio do livro
Teresa Tavares de Miranda

Rapiarium
Régis Mikail

Louva a deus
Elieni Caputo

Fonte **Tiempos**
Papel **Pólen Bold 90 g/m²**
Impressão **Psi7**
Tiragem **150**